KB116612

13월

책 만 드 는 집
시인선 080

박시교 시집

13월

책만드는집

『아나키스트에게』를 낸 지 5년 만에 『13월』을 묶는다.

내 더딘 걸음으로는 이른 감이 없지가 않다. 이 몇 년래 딴에는 부산을 떨면서 한 해에 10여 편 넘게 발표를 했다. 그러나 그것이 올바른 행보라고는 생각하지 않는다.

바라건대, 내 시의 삶이 조금은 남루할지라도 조금도 비루하지 않기를.

－이천십육년 이월 하루 천보산 아래에서

박시교

| 차례 |

2부

3부

4부

5부

1부

그리운 쉼표(,)

이윽고
마침표를 찍기까지
우리 삶에

몇 개의
느낌표와 물음표가 필요할까

어쩌면
생은 한 줄 글

그 행간 점
쉼표여

우리 다음 세상에서는

그럴 리는 없겠지만
우리 다음 세상에서는

설레었던 첫 만남 다시 또 갖지 말자

더구나 사람으로는
이승에 오지 말자

들꽃이면 어떠랴
아주 작은 풀벌레면

또 어떠랴, 바람이면 풀잎에 맺힌 이슬이면

이 하늘
그 아래 어딘가에
너 있다면 그뿐

힘

꽃 같은 시절이야 누구나 가진 추억

그러나 내게는 상처도 보석이다

살면서 부대끼고 베인 아픈 흉터 몇 개

밑줄 쳐 새겨둔 듯한 어제의 그 흔적들이

어쩌면 오늘을 사는 힘인지도 모른다

몇 군데 옹이를 박은 소나무의 푸름처럼

인사동에서

길 잃고 인사동 골목 헤매는 때 가끔 있다

몇십 년 다닌 길 아직도 낯선 곳 있어

어쩌다 그 미로에 갇혀 아뜩한 적 있다

찻집이며 술집 밥집 어느 곳 하나라도

따뜻한 정 나누지 않은 집 없지마는

어느 땐 찾지 못하고 맴도는 날 더러 있다

어쩌면 내 삶 또한 이 같지 않았을까

가야 할 곳 잊어버린 길 잃은 어린양

그렇게 헤매는 삶을 살았던 건 아닐까

길

어느 날
온전히 내가 혼자라고 생각될 때

또 어느 날
세상과 끝도 없는 불화일 때

서둘러
나 찾아 떠난다

낯선 시간 속으로

별

사람들은 말한다
그때가 그립다고

가서는 오지 않는 것
모두 다 그립다고

별 아래 잠들어 보라

뭇별이 다
그리움이다

멍

네 살 속
또는 영혼 속
깊이깊이
숨어들어

하나의 목숨임을 확인하는 순간의 전율

참았던
비명을 삼키는
오, 아뜩한
절명

이승의 하루

내 한쪽 어깨는
언제나 비워둔다

그대 지친 영혼 잠시
기대어서 쉬라고

이승의
허기진 노숙露宿
너로 해서
따뜻하다

삐딱한 의문

그런데, 왜 풍경들이 삐딱하게 보이는가

눈 씻고 다시 봐도 바로 서지 않는 실체

평정을 잃은 마음에 비친 그림자의 단순성

또는 삶의 얼룩처럼 가슴에 새겨진 멍

그 아픈 흔적 끝내 지울 수가 없어

가늠이 안 되는 눈으로 세상을 읽었어라

함부로 타협하며 운명이라 마름질하고

아무런 반성 없이 하루를 허비한다

그런데, 생각의 날은 왜 무뎌지지 않는가

전하지 못한 말

-J에게

눈물도 꼭꼭 잘 씹어서 삼켜라

그래서 체하지 않고 어렵사리 잘 소화할 수 있다면
다시 일어날 수도
거기서부터 처음처럼 시작할 수도
오늘과는 또 다른 내일을 맞이할 수도
절망이 때로는 삶의 힘이 된다는 사실을 터득하게도
소금보다도 더 짜다는 인생의 진짜 짠맛을 느끼게도
될 것이다
그 어떤 혁명도 결코 사소한 실패를 비켜가지는 못했어

세상엔 견딜 만한 아픔만 있지가 않듯이

2부

고백

오대산 월정사에 들렀던 오래전에

팔각의 소슬한 탑 그 아래 섰을 때

불현듯 주체할 수 없는 도심盜心이 일었지

그 여러 층 가운데 한 층을 슬쩍해서

보료로 삼아서 깔고 앉아 지내왔는데

탑 위에 떠 있는 기분 그렇게 살았지

호사도 오래되면 싫증 나는 이치 따라

이제 그만 제자리로 돌려주려 하는데

지금의 내 힘으로는 옮길 수가 없네

섬

나는 가끔
사람들 사이에서
섬이 된다

살면서 가슴 베일 일 잦은 상처 많은 섬

파도에
밀려 떠도는
절해고도絶海孤島
섬이 된다

부석사 浮石寺 가는 길에

이제 더는 잃어버릴 그 무엇도 없는 날

햇살이 길 열어놓은 부석사 오르면서

수없이 되묻던 생각 길섶에 다 내려놓다

대답이 두려워서 꺼내지 못하였던

그래서 가슴속에 응어리로 남아 있던

함부로 보일 수 없던 그 상처도 내려놓다

바라건대, 누군가의 마음을 읽어주듯이

천 근 우람한 돌도 가볍게 괴어놓듯이

일주문 언덕 오르며 그 마음도 내려놓다

손님

손님이 찾아오셨다

내실까지 들어섰다

십오 년 만의 재방문

그런데도 초행이란다

제대로

예를 갖추고

공손하게

꿇다, 암癌!

빈자일등貧者一燈

한 평은 외롭고
만 평은 쓸쓸하다

마음은 막무가내 드넓은 허허벌판

가둬도
채워지지 않는
그 바람 속
빈자일등

설산雪山에 들다

싸매고 싸매어도 시린 가슴 어쩌지 못해

눈 맞고 선 솔숲 찬 길 설산을 갑니다

여태껏 출타 중인 걸 알면서도 왔습니다

오래전 홀로 이 길 절며 왔을 당신 모습

힘겨운 그 걸음걸음 아프게 떠올리며

이곳이 바로 당신의 적소라 믿습니다

스스로 가둔 것이 몸뿐만이 아니라

마음까지 매듭지어 묶어두고 살면서

어쩌면 이 길마저도 지우려 했겠지요

그러니 또 얼마나 다행한 일입니까

부재중인 이 길을 오늘 내가 가고 있음이

보세요, 걸음 그 뒤로 쌓이는 저 함박눈

일상의 공복

쓸쓸한 공복처럼 지금 막 헤어진 사람 돌아보지 않아도 눈에 선한 뒷모습처럼

날마다 느끼는 이 참담이 성에 낀 소름이다

대답이 없을 줄 알면서도 버릇처럼 묻고 무작정 누군가를 기다리는 해질녘 공허

한 번도 써본 적 없는 유서처럼 서늘하다

그냥 스쳐 가는 바람이거니 하면서도 옷깃을 여미는 날이 부쩍 더 잦아지고

넋 놓고 건너는 하루 그 세월이 끝없다

간절곶의 아침

가서는 오지 않은 천년의 그리움과

수없이 쓰러지고 일어서는 억 겹의 파도

그 무슨 간절함 있어 여기 다 모였는가

살아 있는 생명들에 주어진 시간 있다면

이곳엔 다만 눈부신 바람만 펼쳐 있다

감춰둔 상처마저도 아름다운 간절곶

언제나 너그러움은 내 편이 아니어서

가슴 졸이면서 살았던 어제의 남루

그 모두 훌훌 벗어버리고 아침 해를 맞는다

길 위에서

수없이 넘어지고 주저앉던

길 위에서

저기까지 가보자

거기가 끝일 거야

그곳이

시작이라는 것을

다 가서야

알았네

그리움의 배후背後

봄 오는 무섬마을에 가서야 나는 보았다

천천히 흐르는 강 위로 놓인 외나무다리

저 홀로 건너고 있는 그리움의 뒷모습을

아직도 옛사랑이 머물러 살고 있는 듯

고전古典 닮은 처마 낮은 집 몇 채 거느린

마을에 나부끼며 지는 이른 꽃잎 보았다

3부

13월

올해부터 내 달력에는 13월을 넣기로 한다

한 해를 12월로 끝내는 게 아쉬워서다

단 하루 마지막 달에 할 일이 아주 많다

첫사랑 산골 소녀에게 엽서를 보내고

눈 내리는 주막으로 친구를 불러내고

헐벗은 세월을 건딘 아내를 보듬어주고

또 미처 생각 못 한 일 없는지 챙겨가며

한 해를 그렇게 마무리해 보고 싶다

그렇다, 내 13월에는 참 바쁠 것 같다

봄비

무위無爲와 잘 놀다 간 내 시우詩友 신현정이

'훔쳐 간 자전거'* 타고 구름 사이 누비다가

그곳이 무주공산無主空山이라며

오줌 갈기는

봄 한때

* 고故 신현정 시인의 시 「자전거 도둑」에서 차용.

봄눈 1

사월에 웬 눈발이냐

지는 꽃 투정하듯

청명淸明과 곡우穀雨 사이

영문 모른 채 불려 나온

민망한 저 흔들림 속에

나도 잠시 나부끼다

봄눈 2

짓다 만 생각 한 채

마음속에 덩그렇다

언제나 봄 오시는

애잔한 길목에서

꽃눈을

적셔놓는 눈물

가슴에도 스민다

봄, 초록 감옥

꽃 진다
그 자리
생살 돋듯
새잎 피고

또 한 철 뻐꾸기 울음 산산골골 흩려놓으면

생각도
세월의 눈금도
초록 감옥
가뒀다

봄, 무지랑_{舞地浪}에서

－류윤형 화백에게

안동 땅 학가산 보릿고개 한켠 자락

내 친구 류 화백이 새로 화실 지었다

무지랑, 지명부터가 이미 한 폭 그림인 곳

여기 붓 가다듬고 그 혼 곧추세워

세상 모든 화제畵題에 생명을 불어넣는

진정한 한 환쟁이가 숨어 살고 있구나

봄은 너무 짧다, 우리들 삶의 흔적도

하마 지는 꽃 그 아름다움도 순간일 뿐

한때의 이 부신 봄날 불꽃처럼 살 일이다

* 유화 소나무 풍경이 압권이던 동창 류 화백이 연전에 작고했다. 그 소나
  무 한 그루를 내 가난한 서재에 세워놓고.

봄, 화압인花押印

'더디게 더디게 마침내 올 것이 온'*

이른 봄 이천십이년 이월의 그믐 하루

가보지 못한 산 두고 홀연 먼 길 나선 이

그 배낭에 무엇들을 챙겨서 넣었을까

마치 화압인처럼 매화 꽃눈 트던 그날

'먼 데서 이기고 돌아온 사람'*

서둘러 길 떠났다

* 고故 이성부 시인의 시 「봄」에서 차용.

독화讀畵, 봄비

샛노란 장화 신고

'계단을 내려오는 봄비'*

정성 들인 환한 단장丹粧

이내 지워버리듯

되밟아

계단 오르는

맨발의 저

봄비

* 주재환 화백이 내게 준 유화 제목.

산을 읽다

산 아래 살면서 철 따라 산 읽는다

이제 막 눈뜨는 자잘한 그리움의 풀꽃들도, 속살 수줍
게 내비치듯 여릿여릿 피어나는 아기초록까지도 모두
보듬어 품은 봄 산, 푸르른 옷자락 펄럭이는 그 사이사이
요염한 살냄새를 확 끼었으며 끈끈한 욕정을 일깨우는
여름 산, 새삼 주체할 수 없는 별리의 뜨거운 눈물 붉게
물들이며 그렁그렁한 깊이 모를 하늘 펼친 조락의 가을
산, 아아 또다시 그 멍울진 가슴팍 쩡쩡 금이 가게 해놓
고 매운바람으로 쓸어내리는 은백銀白의 눈발 덮어 더욱
황홀한 저 겨울 산

그 아래 멍하니가 되어 산 읽으며 산다

꽃, 사설辭說

꽃에 관해서라면 나는 아주 우직하다

찔레꽃을 붉게 피우고 민들레꽃 홀씨를 날려 보내고 철쭉과 진달래꽃을 한 가지에 피게 한다. 밤꽃 향기에 비릿한 수컷의 향수를 느끼고 아카시아꽃을 씹으며 허기진 유년을 떠올리고, 입술을 파랗게 물들이던 참꽃 알싸한 첫사랑의 맛을 추억하기도 한다. 그럼에도 불구하고 나는 꽃들이 열어 보이는 저마다의 하늘과 그 속마음을 아직까지도 제대로 읽지 못한다. 그러나 나는 안다. 이것만은 분명하게 안다

'사람이 꽃보다 아름답다'란 가슴 저미는 말뜻을

4부

적소謫所 가는데

나귀 타고 당신 계신 적소를 찾아가는데 갈필휘지渴筆揮之
소나무 세운 그 밑을 지나가는데 때맞춰 보기 드물다는
눈발까지 흩는데

겨울 헌화가 獻花歌

단 한 번도 꽃다운 삶 살아보지 못한 넋이

남들 다 피었다 진 철 지난 엄동설한에

마침내 온 산 들녘을 피워내는 꽃이여

당신 계신 그곳에는 피었을 것 같지 않아

한두 송이 곱게 꺾어 보내드리고 싶지만

먼 길에 시들면 어쩌나 눈이 부신 눈꽃이여

일기

동트는
이른 아침
솔새 한 마리 다녀가고

어디쯤
오고 있을
간절한 너의 안부

산창山窓의
겨울 햇살이
오늘따라
부시다

금주령禁酒令

내 술의
총량이 드디어 바닥났다

푸르게
나부끼던
그리움은 날개 접고

갈증을
이기지 못한 생각
메말라서
금 갔다

기러기 편에

천 리는 너무 멀어

날개에 얹은 만 리 허虛

못 간다

나 두고는

가서 다시 올지라도

가을밤

그리움의 절반

두고 간다 할지라도

파스텔 조 그림 세상
- 민충근 화백에게

그가 펼친 파스텔 조 하늘 위로 날아가는 새

세상의 그리움 다 두 날개에 얹었느니

눈부셔 눈물 고이는 구만리 푸른 창공

마음은 한 줄기 강 흘러가게 버려두고

저만치 물러선 산 지켜 섰게 놓아두고

인사동 술청에 앉아 세월의 잔 비웠느니

아꼈던 말 묵힌 생각 다 풀어놓은 화폭에

비와 눈 바람과 빛 꽃과 사람 불러 앉히고

오늘은 적막강산까지 에둘러서 동무하느니

정처定處

새가 하늘을 날다

잠시 쉬는 나뭇가지

거기가 정처라면 얼마나 소슬하랴

나 홀로

생각 다듬는

허공 거기

벼랑

무섬마을에서

혹여 세월의 그림자를 본 적 있나요

아니면 잃어버린 추억을 찾은 적은요

우리네 삶뿐일까요, 지워도 남는 것이

물비늘 반짝이며 천천히 흐르는 강

그리운 집 몇 채 거느린 그 흔적을

어쩌면 외나무다리 건너서야 찾겠지요

그래요, 이제 잊지도 찾지도 마세요

잠시 마음 묶어둘 곳 여기 강둑에다

한 그루 마음나무를 심어두고 가세요

청량산

눈 맑은 사람이 한 번쯤 가보아야 할

마음 밝은 사람이 찾아가 쉬어도 좋을

그런 산 열두 봉우리 두런두런 펼쳐 있다

원효와 김생의 굴 퇴계의 오산당吾山堂

내외內外의 청량이 그 품에 감싸 안고

발치엔 천년의 그리움 낙강洛江까지 틔웠다

금강산 일만이천봉峯 다 빚어 세운 손手이

그래도 성 차지 않아 남은 정성 쏟아부어

비로소 마감했나니 이름하여 소금강小金剛

지상의 옷 한 벌*

−성철 스님 생각

'산은 산 물은 물' 당신 그린 이 세상에

꽃 피고 숲 우거지고 잎 지고 눈 내리네

수없이 기워 입었어도 아름답던 한 벌 옷

그마저도 짐이 될까 벗어놓고 떠나신 길

한 번쯤은 주저하며 돌아보았음 직도 하지만

하늘이 저처럼 푸르듯 그 뜻 또한 장좌불와長坐不臥**

삼천 배도 읽던 책도 거두고 덮은 산천山川

마치 꽃잎 떨구듯이 던져놓은 돈오돈수頓悟頓修**

이승에 철 따라 입는 옷 한 벌로 걸어뒀네

5부

맛

부산 기장 주막에서 막걸리를 마시는데

옆에서 짚불 곰장어를 다듬던 주모가 한 잔을 쭉 들이
켜자 냉큼 곰장어 한 점을 직접 내 입에 넣어준다

그렇지, 세상 사는 맛이 바로 이런 거구나

뻐꾸기 운다

온 산을
진달래꽃 피웠다고 뻐꾸기 운다

기미년 그때에도
사일구 그 봄에도

저렇듯
산산골골 깨우며
목청껏 울었다

지금은
기꺼이 쓰러진 자의 편에 서서

서로의 어깨를 겯고
함께 가야 할 때

진달래
만발한 강산에
뻐꾸기 울어쌓는다

순혈純血에 부쳐

이미 깊이 잠든 넋 부산 떨며 깨우지 말라

순결한 영령 위에 빗돌 따위도 세우지 말라

보상금 몇 푼으로 그 죄 탕감하려 들지 말라

피는 붉다, 순혈은 더 붉고 더 뜨겁다

일천구백육칠십 년대와 팔십 년대는 군화軍靴의 시대
였던가, 이 땅에서 벌어졌던 군사쿠데타, 삼선개헌, 유신
독재, 신군부반란, 광주민주항쟁, 유월항쟁 등등 그 굴곡
의 치욕스런 우리의 현대사 닮은 군사독재가 감행한 피
의 전횡 오 아르헨티나, 좌파척결이란 미명 아래 저질러
진 극악무도한 총칼의 난무, 동서가 서로 다르지 않은 이
부끄러운 역사 앞에 이제 우리는 옷깃 여미고 바로 서서
두 눈 부릅뜨고 똑바로 지켜봐야 할 책무가 있다. 사람이
니까, 깊이 고개 숙여야 마땅할 우리 모두는 살아 있는

사람이니까

삼만여 '더러운 전쟁'*에 목숨 앗긴 혼령 앞에

* '더러운 전쟁Dirty War'은 1976년에서 1983년 사이 아르헨티나의 군사정
  권에 의해서 소위 좌파척결이란 미명 아래 저질러진 잔혹한 학살을 가리
  킨다. 이 기간 중에 3만여 명이 희생당했다. 그 후 일부 유족들은 첫째 시
  신 발굴 거부, 둘째 기념비 건립 거부, 셋째 보상금 거부 등 그야말로 순혈
  純血 주장의 예를 보여줌으로써 인류 역사에 있어 또 하나의 전범典範이
  되고 있다.

파도에게

시퍼런 칼날을 수없이 들이대지만

번번이 베이는 건 자신의 가슴일 뿐

피멍 든 상처를 씻는 손길만 바쁘다

모래펄엔 잦아들고 절벽 만나 포효하는

뒹굴고 부딪치고 부서지는 저 몸부림

온전히 가둘 수 없어 망망대해 펼쳤다

일어서자, 일어서자, 하늘과 한판 붙자,

노도怒濤의 저 함성도 끝내는 잠재우며

먼 바다 심해深海의 울분 다 실어 와 눕힌 너

고독력 孤獨力

저 혼자 멀찍한 산

저 혼자 흘러간 강

그 고적한 풍경 속을 저 혼자 지켜 선 사람

뒷모습

어깨 너머로

스며드는

잔광 殘光

그냥

1호선 양주행 전철 막차에서 내리면

82번 마을버스 막차로 또 갈아탄다

하루를 건너는 자정 무렵 내일로의 이 환승

징검다리 옮겨 딛는 고단한 나의 하루

삶이 어디 내 뜻대로 엮인 적 있었던가

어제와 다르지 않은 오늘 또 살았다 그냥

정량定量

무게로

길이로

넓이로도 잴 수 없는

그것을 오래전부터 그리움이라 고집한다

아직도 너에게만은

그 믿음이

내 정량

묵언默言

묵언 중인 나무들 위로

밤새 눈이 내려서

세상은 바야흐로

은백색의 부신 잔치

그 무슨 말이 필요할까

차고 흰 삶의

이 아침

가을 노래

갈색 바람 일렁이는 시월과 십일월 사이

그 무슨 열병처럼 가슴에 타오르는 불

내 안다, 안으로 울음 삼키는 저 산 속앓이

먼 사람아, 가을 산 같은 그리운 사람아

우리도 열매처럼 달게 익을 수는 없는가

불붙는 만산홍엽도 한때의 갈채인 것을

수시로 억장 무너지던 우리네 고단한 삶

그 아득한 굽이 돌듯 또 한 세월 저문다

그림자 길게 드리운 우리 사랑도 저문다

시를 위해

사람 냄새 묻어나는 이야기는

씨줄 놓고

세상일 읽어 얻은 생각은

날줄 넣어

엮어 짠

한 필의 무명천

그 오묘한

태깔이여

문학이란 길 위에서,
쓰러지기 위해 다시 일어서다

그 하나, '환상통'에 갇혀 산 젊음

사람의 팔과 다리 사지四肢 중 어느 한쪽이 사고로 해서 절단되는 불행을 당했을 경우, 이미 없어진 신체 일부의 어떤 부분이 마치 있을 때처럼 통증을 느끼는 것을 의학적으로는 '환상통' 또는 '유령통'이라고 한다. 나도 이와 비슷한 고통을 십수 년간에 걸쳐서 실제로 겪어야만 했다.

나는 일찍이 중학교 3학년 때 교통사고를 당했다. 당시 영주에서 철암까지의 영암선 열차였는데, 휴일을 맞아 고향에 다니러 가던 길이었다. 이 사고로 만신창이가 된 몸은 무려 열세 번에 걸친 수술을 거치면서 다리 절단이라는 최악의 경우는 겨우 면할 수 있었지만 신체적 장애는 평생 안고 살아갈 수밖에 없게 되었다. 그러나 그런 장애도 시간의 흐름에 따라서 조금씩 익숙함으로 길들여져 가게 마련이었다. 정작 더 고통스러웠던 것은 그 뒤에 겪은 꿈 때문이었다.

꿈, 청소년기에 으레 꾸게 되는 그런 꿈의 좌절 따위는 내게 있어 그때는 이미 일종의 사치에 지나지 않았고 실제로 잠 속에서 꾸는 꿈 때문에 또 다른 나만의 '환상통'을 앓아야만 했던 것이다.

그랬다. 그 무렵 꿈속에서의 나는 사고 전 건강한 모습 그대로였다. 또래 중에서 늘 앞장섰던 활달한 모습의 평상 시대로 꿈속에서의 모습, 그리하여 그 꿈에서 깨어나면 좌절의 참담한 현재 모습에 직면하게 되고, 그리하여 끝없이 몰려오게 마련이던 허탈과 허망, 바닥을 모르게 나락으로 추락하는 것 같은 혼곤함에 빠져들고는 했다. 내게는 그것이 참으로 견디기 어려운 고통이었고 특별한 '환상통'이었던 셈이다.

그런 고통의 시간이 아주 오랫동안 이어졌다. 밤이 무섭고 두려웠다. 그래서 술을 혼자서도 자주 마시는 버릇이 생겼고, 어느 때부터인가는 하룻밤도 그냥 지나치지 못하였다. 애주愛酒라고 굳이 변명을 했지만, 어느새 나는 알코올에 의지하려는 자신을 알면서도 자제력을 잃어가고 있었던 것이다. 20대와 30대 초반까지 무려 10여 년이 넘는 긴 시간 동안 나는 그러한 고통을 겪어야만 했다.

마치 무슨 열병처럼 주기적으로 꾸어야 했던 꿈은 어느새 내 생활의 전부가 되다시피 하였다. 그야말로 '유령통'이라는 감옥에 갇혀서 산 젊음이었다.

웃음을 말리고 섰는

이날 나의 바지랑대

그대 고이고 선

쭉정 빈 하늘을

묵정밭 억새 잎처럼

우우대는 쉰 목청

암울했던 당시에 쓰인 초기 작품 「목木다리」 단수는 내 아픈 젊은 날의 기록이라고 할 수가 있다. 어떤 의미로든 신체적 장애는 나 자신에게도 죄가 되고, 또 나와 가까운 사람들 특히 가족들에게도 그 죄를 나누어 가지게 하는 형벌의 짐이 아닐 수가 없다.

신체적 장애는 단순히 신체에만 그치지 않고 정신은 물론이고 주위까지도 지배하게 마련이기 때문이다.

그 둘, 「지상에서 가장 아름다운 이름」

그리운 이름 하나
가슴에 묻고 산다

지워도 돋는 풀꽃
아련한 향기 같은

그 이름

눈물을 훔치면서

뇌어본다

어-머-니

　나는 어머니를 그린 시를 몇 편 썼다. 1970년《현대시
학》첫 추천작 「노모상老母像」을 시작으로 시집마다 한두
편은 실었는데, 위에 인용한 작품 「지상에서 가장 아름다
운 이름」은 시집 『낙화』의 첫머리에 실려 있다. 그런데 아
버지에 대한 시는 한 편도 없다. 나는 아버지에 대한 기억
이 뚜렷하지 않을 뿐만 아니라 될 수 있으면 얘기에 올리
고 싶지 않은데 그 이유는 아픈 가족사 때문이다. 따라서
여기 잠깐 기술하는 것이 처음이자 어쩌면 마지막이 될 것
이다.

　나는 해방둥이로 1945년 음력 5월 23일생이다. 그러니
까 일제강점기 끝자락 8·15광복을 불과 한 달여 조금 앞
두고 출생했다. 어쨌거나 나는 일제시대에 태어났고 또 어
떤 형태로든 광복을 거친 세대다. 그래서 동족상잔의 참혹

83

한 비극인 6·25동란도 겨우 걸음마를 익힌 어린 나이로 겪었다.

동란 중에 나는 어머니 등에 업히고 또 얼마간 걷기도 하면서 형과 셋이서 피난길을 가야 했는데 그때 이미 아버지는 우리 곁에 없었다. 당시 우리 집이 있던 경북 영주의 시내에서 외가가 있던 안동 옹천까지의 그 피난길은 어렴풋하게나마 내 기억에 남아 있다.

내가 태어난 고향은 경북 봉화군 봉성면 원둔리인데, 광복 이듬해에 아버지는 할아버지로부터 물려받은 한약방을 내면서 인근 영주 시내로 이사를 했다. 그래서 아버지에 대한 기억의 장면이 겨우 한두 컷 가물가물한데 그것도 아마 전적으로 어머니에게서 조심스럽게 들었던 얘기에 의존한 떠올리기 정도가 아닐까 싶기도 하다.

아무튼 아버지는 내 기억에서조차도 떠나고 없다. 그분께서 어느 정도의 열렬한 공산당원이었고, 또 그 이념을 좇아서 가족을 떠나 북으로의 길을 택했는지 따위를 나는 알지 못한다. 어머니께서도 그 문제에 한해서는 극도로 말씀을 아꼈을 뿐만 아니라 우리 집안에서는 은연중 철저한 금기였다. 그래서 굳이 알려고도 하지 않았고, 어떤 자리에서도 절대로 입에 올리지 않았다.

내가 겨우 철들 무렵인 초등학교 다닐 때, 고향의 어느 집 인척 재일 교포를 통해서 그것도 아주 조심스럽게 아버지의 안부가 어머니에게 전해진 적이 있었다. 그때 나는 보았다. 평소에는 볼 수 없었던 어머니의 아주 냉엄한 표정을.

서른여섯에 어쩔 수 없이 어린 형제를 떠안고 혼자가 되신 어머니는 그 성씨姜氏처럼 강하셨다. 단 한 번도 우리 형제 앞에서 눈물을 보이신 적이 없고, 목소리를 높이거나 매를 든 적도 없다. 그러나 나는 안다. 혼자서 훔치신 그 많은 눈물과 자신을 다스린 매서운 채찍이 얼마나 가혹했을지에 대해.

그 셋, 문단 등단을 전후하여

1970년은 내가 문단에 등단한 해이다. 그 3년여 전에 나는 어머니가 계시던 고향 봉화로 돌아가 있었는데 처음은 양쪽 목발에 의지해야 겨우 걸을 수 있을 정도였고, 그 무렵은 목발은 겨우 벗어났지만 몹시 절며 걷는 형편이었다.

　교통사고 직후 한쪽 다리는 대퇴 부분을 절단해야 할지
도 모른다는 진단을 받았다. 그러나 다행스럽게도 여러 차
례의 수술과 오랜 재활치료를 거쳐서 그나마 절단까지는
않게 되었으나 보행에는 여전히 어려움이 많았다.

　신체적인 장애로 해서 산촌 벽지 고향에서 내가 할 수
있는 일이란 극히 제한적일 수밖에 없었다. 물론 농사를
도울 수도 없었다. 거기에 더하여 바깥세상과의 교류도 거
의 단절되다시피 한 삶이었다. 신문도 하루나 이틀 뒤에
겨우 볼 수 있었고, 책 구입도 그렇게 쉽지가 않았다. 낡은
문학 전집과 사상 전집 몇 권, 해와 달을 묵힌 문학잡지 정
도가 그나마 내 갈증을 적시는 유일한 젖줄이었다.

　당시의 농촌은 가난이 전부라 해도 절대 지나친 표현이
아니었다. 고향의 경우도 예외일 수 없었다. 지금의 초등
학교인 국민학교를 1백여 명이 채 안 되는 학생들이 졸업
하면 겨우 20여 명 정도가 중학교로 진학하여 읍내와 외
지로 나가고, 나머지는 바로 집안일을 거들어야 했던 배고
픈 시절이었다. 면 소재지에 하나 있던 중학 과정인 고등
공민학교에 갈 정도만 되어도 집안 형편이 좀 낫거나 부모

의 향학열이 남달라야만 했다.

그 시절, 그러니까 박정희 군사정권 때 일어났던 새마을 운동의 일환으로 진학을 못 하는 그런 아이들의 중학 과정을 가르치자는 취지하에 재건중학교가 큰 마을 단위로 생기게 되었다. 야간학교였는데 나는 고향의 그 재건학교에서 아이들을 가르치고 있었다. 그러면서 간간이 습작을 하여 필명으로 잡지 등에 투고도 하였는데, 1969년에 내 딴에는 작심을 하고 처음으로 신춘문예 응모 준비를 했다. 몇 달여 나름대로 퇴고를 거듭하여 서울의 모 일간지에는 자유시를, 대구의 〈매일신문〉에는 시조를 응모하였다. 그런데 시조는 이때 응모작이 처음 쓴 작품들이었다.

연말 무렵인 20일쯤에 〈매일신문〉 문화부로부터 전보가 날아왔다. 시조 「온돌방」이 당선되었으니 당선 소감을 급히 써서 우송하라는 내용이었다. 전화도 없던 산간벽지이니 날짜가 촉박했던 것이다. 뒤에 기사로 읽었지만 자유시는 최종 심사 몇 편에 언급된 정도였다. 아무튼 그렇게 해서 나는 내 시조 작품의 평가를 처음으로 받게 되었다.

1970년 1월 중순 어느 날에 있었던 시상식에 참석하였는데, 내 작품을 뽑아준 이호우 선생께서는 바로 며칠 전에 세상을 뜨셨다고 했다. '이런 일이 있을 수 있단 말인가?' 나는 내 귀를 의심할 정도로 당혹스러웠다.

단 한 번도 뵌 적은 없지만 앞으로 선생을 스승으로 모시고 여러 말씀을 듣고 특히 시조에 대한 선생의 생각 등을 여쭈어보리라 기대했던 마음이 한순간 물거품이 되는 허탈함을 겪게 되었던 것이다.

시상식 후 곧바로 선생님의 영전에 인사라도 올리려고 조문을 갔는데 거기서 선생의 누이 이영도 선생을 뵙게 되었다. 처음 뵙는데도 따뜻이 맞아주시며 오빠의 마지막 배출 시인이니 앞으로 특별한 관심을 갖겠다면서 그동안 쓴 시조를 한번 보자고 하셨다. 그러면서 서울의 댁 주소를 가르쳐주셨다.

그 얼마 뒤 〈매일〉 신춘에 함께 투고했던 「노모상」 등과 새로 쓴 작품 몇 편을 정리하여 선생께 보내드렸는데 바로 그해 5월호 《현대시학》에 초회 추천을 받게 되었다. 당시 문학잡지 추천 제도는 3회 완료제였다. 그러나 내 경우는 신춘문예 당선을 1회로 간주하고 10월호에 「접목接木」이 연이어 추천됨으로써 완료되었다. 그러니까 나의 문단 등단은 두 분 오누이 선생께서 합동으로 해주신 셈이다.

그리고 그 이듬해(1971년) 국토통일원이 신춘문예 상금의 배 이상을 내건 현상공모에 자유시「북으로 가는 길」이 박두진 선생 선뽑으로 당선되기도 했다. 원고지 10여 매의, 내 시 호흡으로는 제법 긴 작품인데 첫 시집에 수록하지 못했다. 자유시라는 이유로 해서 그 뒤에도 시조집에 올리지 못하고 있다.

그 넷, 70년대와 첫 시집『겨울강』시절

서대문 로터리 서대문우체국 바로 뒷골목 작은 가옥의 좁은 대문 현관을 들어서면 나오는, 마당과 방을 개조한 열 평 남짓한 사무실이 처음 내가 찾아갔을 때의《현대시학》이었다. 당시 널리 읽히던 대중 월간지와 함께 쓰는 공간이었고, 얼마 뒤 그 골목을 더 거슬러 올라가 인창고교 담벽이 뵈는 마지막 2층집 삐걱거리는 가파른 나무계단을 오르면 불과 서너 평 좁은 공간이《현대시학》사무실이었다. 그러나 그 좁은 공간이 당시 목마르고 헐벗은 우리 70년대 문청들의 훌륭한 아지트였다.

대장은 전봉건 선생. 그의 시 「마카로니 웨스턴」의 두 인물 예수와 장고처럼 훤칠한 키에 꽉 다문 입, 말이 없으면서도 그러나 더없이 다감했던 시인이었다. 첫 번째 추천 시인이라며 작품은 말할 것도 없고 설익은 산문까지도 언제든 바로바로 실어주는 특혜를 나는 선생 생전까지 오래도록 누렸다.

내가 서울로 다시 올라온 것은 1971년 겨울이었다. 사고 후 어느 정도의 건강을 회복하자 어머니께서는 마침내 서울행을 도모하셨다. 내 불편한 귀향에 맞추어 생활의 불편을 줄여주고자 당신이 손수 지었던 새 집과 얼마 안 되는 토지 등을 모두 정리한 날, "나는 죽어서도 이곳에는 다시 돌아오지 않을 것이다"라고 말씀하시던 모습이 지금까지도 내 가슴속에 각인되어 있다.

특별히 할 일이 없었던 처음의 서울 생활은 어려웠다. 당시 새로 지은 마포의 망원시장에 작은 돈이지만 우리에게는 전 재산이나 다름없던 것을 들여서 낸 가방점이 망원 유수지의 범람으로 물바다가 되면서 몽땅 털려버렸다. 그 뒤 어렵게 남가좌동에 거처를 마련한 그 이태쯤 뒤에야 그래도 조금은 안정을 찾을 수가 있었다.

그 무렵은 나도 출판사 편집부에, 몇 군데 옮겨 다니기는 했지만 일처를 잡으면서 내 시에 많은 영향을 준 선배와 동료들을 만나게도 되었다.

앞에서 언급한 《현대시학》의 소위 '전봉건 사단' 때의 선배와 동료 몇몇은 아직도 드물기는 해도 가장 스스럼없이 만나고, 그 무렵 나에게 손을 내밀어 준 집사람과도 아직 그대로 살고 있다. 나는 천생 바꾸는 것을 두려워하는 게으른 보수인지도 모른다. 그러나 작품에 대한 내 생각은 그렇지가 않다. 쓸 때마다 형식 접근과 내용 전개에서 이제까지와는 다르게 모색하고 새로운 기운을 불어넣고 싶은데 생각과 힘이 미처 따라주지 못하니 안타까울 뿐이다. 이왕에 게으름 얘기가 나왔으니 등단 10년 만에 겨우 엮어낸 첫 시집 『겨울강』의 늦장 출간에 대해서도 적어야겠다.

당시의 출판사들은 영세하기 그지없었다. 한창 전집류 출판이 대세이던 그 시절 편집쟁이들은 소위 보따리장수 철새들이었다. 무슨 문학 전집, 아무개 사상 전집, 일어 번역판 세계 철학 전집 등등 2, 30권에서 많게는 백 권의 편집 대공사를 마치면 보따리를 싸고 또 다른 일처를 찾아 옮겨 앉는 그야말로 철새 직업이었다. 출판사로는 내 마지

막 직장으로 근 10여 년을 임원으로 몸담았던 현재 연매
출 1위 국내 굴지의 출판그룹 C사 말고는 그렇게 수없이
쫓아다녀야 했으니 당시로서는 자비로 낼 수밖에 없는 시
집 출간은 언감생심이었다. 거기에 게으름이 그 몫을 더
보탰음을 굳이 부인하고 싶지 않다.

　오늘 이 아픔들을 말로 다 못 할 것이라면
　무심히 그냥 그렇게 겨울강을 가보아라
　은밀히 숨죽여 우는 겨울강을 가보아라

　짙푸르던 강줄기는 얼붙어 멈추었고
　산도 굴릴 것 같던 그 몸부림도 멎었어라
　누군가 이 뜻 알겠노라면 죽어서 묵도黙禱하라

　귀 기울이면 선한 소리, 내심內心의 너 겨울강아
　근심의 잔뿌리랑 잔기침의 매듭꺼정
　이대로 잠보다 긴 꿈, 꿈에 갇힌 겨울강아

　이제 우리네는 밤중에도 눈을 뜨고

가슴속은 임의로 문신한 햇덩이가 탄다지만
가진 것 다 뿌려준 후에 가득 차는 이 절망아

한숨의 이 씨날에 날줄은 무얼 넣나
없는 것은 다 좋고 하나쯤 있었으면 싶은
뜨거움 숨의 뜨거움을 빙판 눕힌 겨울강아

보겠는가, 눈 뜨고 눈 감고 보겠는가
무심히 그냥 그렇게 겨울강을 보겠는가
상류로, 상류로부터 걱정만 쌓은 겨울강아
　－첫 시집 『겨울강』의 표제시 전문

　몇 번의 원고 정리와 퇴고 또 망설임 끝에 등단 10년이
되어서야 첫 시집을 냈다. 그때 첫딸을 얻은 기쁨을 내처
연장시키기나 하려는 듯, 「겨울강」을 표제시로 한 첫 시집
을 마침내 세상에 내놓았던 것이다.

그 다섯, 수유리水踰里에 내 나름의 시목詩木을 세우다

결혼하고, "둘도 많다 자칫하면 거지꼴을 못 면한다"는 국가 산아제한 시책에 반기라도 들듯 3남매를 얻고, 시건 방을 떨다가 어렵게 구입했던 집을 날리고, 그런 몇 년간의 고단한 삶의 보따리를 인천의 한 외딴 주택에 겨우 세 들어서 펼쳐놓게 되었다. 서울까지의 출퇴근길이 내게는 만만치가 않은 먼 거리였다.

그런데 그 무렵 어느 날, 출판사를 운영하는 한 지인이 서울로 이사하여 자기 일을 좀 도와달라는 부탁을 했다. 그러면서 봉투 하나를 건네주었는데, 수유리에 24평 연립 주택을 얻을 정도의 당시로서는 상당한 거액이었다. 그것이 수유1동 속칭 빨래골에 둥지를 틀게 되고 30여 년을 이곳에 내처 살게 된 시작이었다.

아이들 셋이 유치원에서 대학까지 모두 이곳에서 마쳤고, 처음의 집에서 세 번의 이사를 했지만 그 인근을 크게 벗어나지 않았다. 그러니 첫 시집 이후 합동 시집 『네 사람의 얼굴』과 『가슴으로 오는 새벽』 『낙화』 『독작獨酌』 등과 뒤이어 낸 『아나키스트에게』의 수록작들도 몇 작품을 제

외하고 모두 수유리 소산이다.

　그리고 또 하나, 연희동성당에서 결혼미사를 올리고 아주 오랫동안 미루기만 하던 세례를 오십을 넘겨서야 이곳 수유동성당에서 받았다. 대장암 수술을 받고 그야말로 대오각성을 하듯이 성모님 앞에 무릎을 꿇었던 것이다. 그러니 어쩌면 수유리는 내 시의 언덕이고 정신적인 고향인지도 모른다.

　　수유리에 오시려거든 되도록 비 내리는 날
　　우산은 받지 마시고 그냥 오십시오

　　가슴은 술로 데우게
　　겉만 젖어 오십시오

　　우거진 상수리나무 숲길 지나 어느 등성이
　　굳이 정상頂上 아니더라도 도봉道峰 마주해 앉으면

　　마음속 은밀한 앙금도
　　녹아나게 마련입니다

비 오는 날 수유리에 오실 때에는 또 한 가지

잊지 말고 시계는 풀어놓고 오십시오

어차피 흐르는 세월은

물 같은 것이기에

－「다시 수유리에서」 전문

몇 년 전 지금 살고 있는 양주의 천보산 아래로 거처를
옮겼지만 내 이승의 문패는 그곳 수유리에 그대로 두고 있
다. 그래서 특별한 약속이 아니고 그냥 밥 먹고 술 마시는
이물없는 사람들과의 약속은 아직도 북한산 자락 수유리
에서 치른다. 옛집들 근처 한신대 부근과 4·19공원 둘레
에서 선배, 동료들 외에도 '물처럼 공기처럼 어울려' 세상
을 거꾸로 읽는 '상선약수上善若水' 면면들, 그리고 옛 직장
젊은 동료들과의 모임도 인사동과 번갈아 가며 북한산 자
락에서 가지고 있다.

수유리에 살면서 내 가장 즐거운 날은

밤새 비 내려서 계곡물 넘치는 때

그 소리 종일 들으며 귀를 씻는 일입니다

어떤 때는 귀 혼자서 고향 냇가 다녀도 오고

파도 소리 그립다며 동해 나들이도 즐기지만

이날은 두 귀 하나 되어 꼼짝도 않습니다

수유리에 살면서 안빈安貧이란 옛말을

새록새록 곱씹을 때도 바로 이런 날입니다

당신도 들었으면 해요, 귀 씻는 저 물소리
   ─「수유리에 살면서」전문

위에 인용한 두 편의 시에서처럼, 수유리는 그 지명과

어울리게 비 오시는 날의 풍광이 특별하다. 숲과 계곡의 짙푸름이 마음에 소름을 돋게 하는 그런 산기슭 마을에서 30여 년, 수유리는 내 시의 나무를 세우고 푸르게 키우려고 나름대로 노력했던 곳이다.

에필로그, 다시 길 위에 서다

연전에 『아나키스트에게』를 내면서 나는 책의 머리글에 "……내 발걸음은 언제나 느리고 게으르다. 걷기가 지금보다 더 힘들기 전에 '단수시조집' 한 권을 엮을 수 있다면 그때 나의 이 여행을 끝내도 좋을 것 같다……"라고 썼다. 그런데 그 단시조집 작업을, 또 첫 시집 때처럼 묶었다가 풀고 다시 엮기를 몇 번 거듭하다가 결국은 이 시집 이후로 미루게 되었다.

연전에 한국도서관협회에서 기관 선정 우수도서인 『아나키스트에게』를 배포하는 데에다 저자의 '시작 노트'를 곁들이겠다며 청탁을 해 왔다. 오랜만에 내 시에 곁들이는 산문을 쓰면서 제법 쌓여 있는 이제까지의 산문들을 본래 생각대로 이대로 묵혀버릴 것인가에 대해서 잠깐 생각을 해보기도 했다. 그러나 시집은 어쩔 수 없는 일이지만 산문까지 책으로 엮는 것은 내 성정에 부끄럽고 과분한 허세라는 애초의 생각을 그대로 지키기로 했다.

누가 또 먼 길 떠날 채비 하는가 보다

들녘에 옷깃 여밀 바람 솔기 풀어놓고

연습이 필요했던 삶도 다 놓아버리고

내 수의壽衣엔 기필코 주머니를 달 것이다

빈손이 허전하면 거기 깊이 찔러 넣고

조금은 거드름 피우며 느릿느릿 가리라

일회용 아닌 여정이 가당키나 하던가

천지에 꽃 피고 지는 것도 순간의 탄식

내 사랑 아나키스트여 부디 홀로 가시라
　－「나의 아나키스트여」 전문

"이 시를 읽는 당신께
　우리가 입고 있는 옷가지마다에는 주머니가 몇 개씩
달려 있게 마련인데, 그것은 일상생활에서의 편리함을
도모하기 위해서입니다. 이와 다르지 않게, 우리는 우리
의 인생이란 삶에도 주머니를 여러 개 달고 삽니다. 그
런데 그 주머니가 필요 이상의 채움을 위한 '욕심' 주머
니는 아닌지요? 채워도 채워도 만족을 느끼지 못하는 주
머니, 가진 자는 더 가지려 하고 가지지 못한 자는 허탈
과 자조의 늪에서 헤어나지 못하는 주머니 말입니다.
　'천지에 꽃 피고 지는 것도 순간의 탄식'임을 우리는
미처 깨우치지 못하고 살았던 것은 아니었을까요. 그리
하여 우리가 즐겨 부르는 노랫말의 한 구절 '사람이 꽃
보다 아름다워ㅡ'란 속뜻을 미처 새겨보지를 못했던 것
은 아니었을까요.

새삼스럽게 '수의에는 주머니가 없다'라는 사실에 시인의 생각이 한동안 머물러 있었습니다. 살면서 그렇게나 아웅다웅 다투며 챙겼던 것들을 저승에까지 가져갈 수가 없으니 수의에 주머니는 필요 없을밖에요. 그래서 '빈손이 허전하면 거기 깊이 찔러 넣고' '조금은 거드름 피우며 느릿느릿 가리라'라고 짐짓 여유를 부려보았던 것입니다.

그렇습니다. 필요한 만큼만 주머니를 채우고, 그래도 넘칠 때에는 '나눔'을 실천하는 삶의 아름다움을 배워가는 오늘이 되도록 힘써야겠다고 다짐합니다. 부언하자면, '내 수의엔 기필코 주머니를 달 것'이란 말은 일종의 역설입니다. 그러니 마음에 담지 마세요."

라고 '시작 노트'를 달면서 나는 내 삶을 한번 되돌아보는 아주 잠깐의 시간을 가졌다. 나는 여러 지인들에게, 심지어는 가까운 글동네 도반들에게도 빚만 지고 살아왔다는 심한 자괴감에 빠졌음을 실토하지 않을 수가 없다.

이 글을 마무리하고 있는 때, 마침 나는 오래전 교통사고 때에 했던 한쪽 다리 수술 부위에 이상이 생겨 뒤늦게 또 재수술을 받았다. 2주 정도면 회복될 줄 알았던 입원 치료가 한 달이 지나고 있는데, 아직 끝이 보이지 않는다. 담당 의사는 딱히 무어라 말을 않지만 이미 한 번 했던 수술 자리인 데다가 나이 탓 때문일 것이라 지레짐작하고 있다. 차로 치자면 폐차 직전 그것도 손을 보지 않은 데 없는 고물 똥차이니 이제 앞으로 얼마를 더 내가 가야 할 길 위를 주행하게 될지 알 수 없는 일 아니겠는가. 이 만만찮은 폐차 수리비를 넘치게 드리워준 저 설악 대덕雪嶽大德께 또 빚을 져 무거운 등짐에 보태 얹었다.

그러면서, 이 길 위에서 신 끈을 다시 졸라매야겠다는 다짐을 해본다. 느리더라도 천천히 걸으면서 길가의 애기 똥풀 들도 보고, 곤줄박이 등 새들의 재잘거림도 듣고, 서로 마주 지나치는 사람들과 만나면 잠시 동안이라도 속엣 말도 나누고, 그리고 무언가를 끝없이 그리워도 할 것이다.

그렇다, 또 그렇게 그 모두를 사랑할 것이다. 문학이라는 이 길 위에서.

* 이 글은 월간 시 전문지 《유심》에 실었던 것을 부분 첨삭하였다.

13월

—

초판 1쇄   2016년 3월 7일
지은이   박시교
펴낸이   김영재
펴낸곳   책만드는집

—

주소   서울 마포구 양화로3길 99 4층 (04022)
전화   3142-1585·6
팩스   336-8908
전자우편   chaekjip@naver.com
출판등록   1994년 1월 13일 제10-927호
ⓒ 박시교, 2016

—

ISBN   978-89-7944-561-9 (04810)
ISBN   978-89-7944-354-7 (세트)